Querido Diego, te abraza Quiela

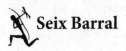

Seix Barral

Elena Poniatowska
Querido Diego,
te abraza Quiela

Diseño de la colección: Daniel Bolívar
Curaduría fotográfica de la Biblioteca Elena Poniatowska: Oswaldo Ruiz
Fotografía de portada: © Patricia Lagarde
Fotografía de contraportada: © Emmanuel Haro Poniatowski

© 2023, Editorial Planeta Mexicana, S.A. de C.V.
Bajo el sello editorial SEIX BARRAL M.R.
Avenida Presidente Masarik núm. 111,
Piso 2, Polanco V Sección, Miguel Hidalgo
C.P. 11560, Ciudad de México
www.planetadelibros.com.mx

Primera edición en formato epub: mayo de 2023
ISBN: 978-607-39-0135-2

Primera edición impresa en México: mayo de 2023
ISBN: 978-607-39-0101-7

Impreso en los talleres de Litográfica Ingramex, S.A. de C.V.
Centeno núm. 162-1, colonia Granjas Esmeralda, Ciudad de México
Impreso y hecho en México - *Printed and made in Mexico*

A Pablo Haro Buxadé

19 de octubre de 1921

En el estudio, todo ha quedado igual, querido Diego, tus pinceles se yerguen en el vaso, muy limpios como a ti te gusta. Atesoro hasta el más mínimo papel en que has trazado una línea. En la mañana, como si estuvieras presente, me siento a preparar las ilustraciones para *Floreal*. He abandonado las formas geométricas y me encuentro bien haciendo paisajes un tanto dolientes y grises, borrosos y solitarios. Siento que también yo podría borrarme con facilidad. Cuando se publique te enviaré la revista. Veo a tus amigos, sobre todo a Élie Faure que lamenta tu silencio. Te extraña, dice que París sin ti está vacío. Si él dice eso, imagínate lo que diré yo. Mi español avanza a pasos agigantados y para que lo compruebes adjunto esta fotografía en la que escribí especialmente para ti: «Tu mujer te manda muchos besos con ésta, querido Diego. Recibe esta fotografía hasta que nos veamos. No salió muy bien, pero en ella y en la anterior tendrás algo de mí. Sé fuerte como lo has sido y perdona la debilidad de tu mujer».

Te besa una vez más

Quiela

7 de noviembre de 1921

Ni una línea tuya y el frío no ceja en su intento de congelarnos. Se inicia un invierno crudísimo y me recuerda a otro que tú y yo quisiéramos olvidar. ¡Hasta tú abandonabas la tela para ir en busca de combustible! ¿Recuerdas cómo los Severini llevaron un carrito de mano desde Montparnasse hasta más allá de la barrera de Montrouge donde consiguieron medio saco de carbón? Hoy en la mañana al alimentar nuestra estufita pienso en nuestro hijo. Recuerdo las casas ricas que tenían calefacción central a todo lujo, eran, creo, calderas que funcionaban con gas, y cómo los Zeting,

Miguel y María, se llevaron al niño a su departamento en Neuilly para preservarlo. Yo no quise dejarte. Estaba segura de que sin mí ni siquiera interrumpirías tu trabajo para comer. Iba a ver al niño todas las tardes mientras tú te absorbías en *El matemático*. Caminaba por las calles de nieve ennegrecida, enlodada por las pisadas de los transeúntes y el corazón me latía muy fuerte ante la perspectiva de ver a mi hijo. Los Zeting me dijeron que apenas se recuperara se lo llevarían a Biarritz. Me conmovía el cuidado con que trataban al niño. María sobre todo, lo sacaba de la cuna —una cuna lindísima como nunca Dieguito la tuvo— con una precaución de enfermera. Aún la miro separar las cobijas blancas, la sabanita bordada para que pudiera yo verlo mejor. «Hoy pasó muy buena noche», murmuraba contenta. Lo velaba. Ella parecía la madre, yo la visita. De hecho así era, pero no me daban celos, al contrario, agradecía al cielo la amistad de los Zeting, las dulces manos de la joven María arropando a mi hijo. Al regresar a la casa, veía yo los rostros sombríos de los hombres en la calle, las mujeres envueltas en sus bufandas, ni un solo niño. Las noticias siempre eran malas y la *concierge* se encargaba de dármelas. «No hay leche en todo París» o «Dicen que van a interrumpir el sistema municipal de bombeo porque no hay carbón para que las máquinas sigan funcionando», o más aún, «El agua congelada en las tuberías las está reventando». «Dios mío, todos vamos a morir.» Después de varios días, el médico declaró que Dieguito estaba fuera de peligro, que había pasado la pulmonía. Podríamos muy pronto llevárnoslo al taller, conseguir algo de carbón, los Zeting vendrían a verlo, nos llevarían té, del mucho té que traían de Moscú. Más tarde viajaríamos a Biarritz, los tres juntos, el niño, tú y yo cuando tuvieras menos trabajo. Imaginaba yo a Dieguito asoleándose, a Dieguito sobre tus piernas, a Dieguito frente al mar. Imaginé días felices y buenos, tan buenos como los Zeting y su casa en medio de los grandes pinos que purifican el aire como me lo ha contado María, casa en que no habría privaciones ni racionamiento, en que nuestro hijo empezaría a caminar fortalecido por los baños de sol, el yodo del agua de mar. Dos semanas más tarde cuando María Zeting me entregó a Dieguito, vi en sus ojos un relámpago de temor, todavía le cubrió la carita con una esquina de la cobija y lo puso en mis brazos precipitadamente. «Me hubiera quedado con él unos días más, Angelina, es tan buen niño, tan bonito, pero imagino cuánto debe extrañarlo.» Tú dejaste tus pinceles al vernos entrar y me ayudaste a acomodar el pequeño bulto en su cama.

Te amo, Diego, ahora mismo siento un dolor casi insoportable en el pecho. En la calle, así me ha sucedido, me golpea tu recuerdo y ya no puedo caminar y algo me duele tanto que tengo que recargarme contra la pared. El otro día un gendarme se acercó: «*Madame, vous êtes malade?*». Moví de un lado a otro la cabeza, iba a responderle que era el amor, ya lo ves, soy rusa, soy sentimental y soy mujer, pero pensé que mi acento me delataría y los funcionarios franceses no quieren a los extranjeros. Seguí adelante, todos los días sigo adelante, salgo de la cama y pienso que cada paso que doy me acerca a ti, que pronto pasarán los meses, ¡ay cuántos!, de tu instalación, que dentro de poco enviarás por mí para que esté siempre a tu lado.

Te cubre de besos tu

Quiela

15 de noviembre de 1921

Hoy como nunca te extraño y te deseo, Diego, tu gran corpachón llenaba todo el estudio. No quise descolgar tu blusón del clavo en la entrada: conserva aún la forma de tus brazos, la de uno de tus costados. No he podido doblarlo ni quitarle el polvo por miedo a que no recupere su forma inicial y me quede yo con un hilacho entre las manos. Entonces sí, me sentaría a llorar. La tela rugosa me acompaña, le hablo. Cuántas mañanas he regresado al estudio y gritado: «¡Diego! ¡Diego!», como solía llamarte, simplemente porque desde la escalera atisbo ese saco colgado cerca de la puerta y pienso que estás sentado frente a la estufa o miras curioso por la ventana. En la noche es cuando me desmorono, todo puedo inventarlo por la mañana e incluso hacerle frente a los amigos que encuentro en el *atelier* y me preguntan qué pasa contigo, y a quienes no me atrevo a decir que no he recibido una línea tuya. Contesto con evasivas, estás bien, trabajas, en realidad me avergüenza no poder comunicarles nada. Jacobsen quiere ir a México y te envió tres cables dirigidos al cuidado de la Universidad Nacional con la respuesta pagada y ninguno ha sido contestado. Élie Faure estuvo un poco enfermo y se queja de tu silencio. Todos preguntan por ti, bueno, al principio, ahora cada vez menos y esto es lo que me duele, querido Diego, su silencio aunado al tuyo, un silencio cómplice, terrible, aún más evidente cuando nuestro tema de conversación has sido siempre tú o la pintura o México. Tratamos de hablar de otra cosa, veo cómo lo intentan, y al rato se despiden y yo me voy metida de nuevo en mi esfera de silencio que eres tú, tú y el silencio, yo adentro del silencio, yo dentro de ti que eres la ausencia, camino por las calles dentro del caparazón de tu silencio. El otro día vi claramente a

María Zeting y estoy segura de que ella me vio, sin embargo, agachó la cabeza y pasó a un extremo de la acera para no saludarme. Quizá es por Dieguito, quizá es porque me tiene lástima o simplemente porque llevaba prisa y yo me he vuelto susceptible hasta la exacerbación. Ahora que ya no estás tú, pienso que nuestros amigos se han quedado a la expectativa. Me tratan *entre temps*, mientras regresas y entre tanto, no me buscan sino para que les dé noticias. Yo acepto que no lo hagan por mí misma, después de todo, sin ti soy bien poca cosa, mi valor lo determina el amor que me tengas y existo para los demás en la medida en que tú me quieras. Si dejas de hacerlo, ni yo ni los demás podremos quererme.

En otros tiempos tuve a Dieguito. En el taller, ya no hacía tanto frío, ¿recuerdas?, pero había que ir por carbón todos los días. Incluso tú llegaste a ir en alguna ocasión abandonando tu trabajo a la mitad. Yo sentía que Dieguito no se recuperaba, al menos completamente. Siempre escuché ese pequeño resoplido en su respiración, nunca el aleteo parejo y silencioso de sus primeros días. Me asomaba a cada rato ansiosa a la cuna y este gesto te irritaba: «No le pasa nada, Angelina, déjalo, le estás quitando el aire». ¡Pobre hijo nuestro! Una noche, empezó a quejarse horriblemente. En París, en 1917, había una epidemia de meningitis.

Después todo fue muy rápido. El niño cuya cabeza antes se perdía entre las sábanas llegó a ser todo cabeza y a ti te horrorizaba ese cráneo inflado como globo a punto de estallar. No podías verlo, no querías verlo. El niño lloraba sin descanso. Aún puedo escuchar sus chillidos que fatigaban tanto tus nervios. Cuando oigo en la calle a un niño llorar me detengo: busco en su llanto el sonido particular del llanto de Dieguito. Los Zeting ya no estaban en París. Salías por carbón, yo creo, impotente ante el sufrimiento. Recuerdo que una tarde intentaste leer el periódico y se me grabó tu gesto de desesperación: «No puedo, Quiela, no entiendo nada de nada, nada de lo que pasa en este cuarto». Dejaste de pintar, Dieguito murió, fuimos casi solos al cementerio, a Marie Blanchard se le escurrían las lágrimas, siempre dijo que Dieguito era su ahijado, el hijo que jamás tendría. Ese día hizo un frío atroz o a lo mejor yo lo traía adentro. Tú estabas ausente, ni una sola vez me dirigiste la palabra, ni siquiera te moviste cuando te tomé del brazo. Regalé la cuna a la *concierge*, le pasé todo lo de Dieguito; pensé que si se lo daba a ella podría tal vez pedírselo prestado más tarde, si acaso teníamos otro hijo. Siempre quise tener otro, tú fuiste el que me lo negaste. Sé que ahora mi vida sería difícil, pero tendría un sentido. Me duele mucho, Diego, que te hayas negado a darme un hijo. El tenerlo habría empeorado mi situación, pero ¡Dios mío, cuánto sentido habría dado a mi vida!

Veo el cielo gris e imagino el tuyo bárbaramente azul como me lo describiste. Espero contemplarlo algún día y entre tanto te envío todo el azul de que soy capaz, te beso y soy siempre tu

Quiela

2 de diciembre de 1921

Ayer pasé la mañana en el Louvre, chatito (me gusta mucho llamarte chatito, me hace pensar en tus padres, siento que soy de la familia), y estoy deslumbrada. Cuando iba antes contigo, Diego, escuchaba admirativamente, compartía tu apasionamiento porque todo lo que viene de ti suscita mi entusiasmo, pero ayer fue distinto, sentí, Diego, y esto me dio una gran felicidad. Al salir del Louvre me dirigí a la Galería Vollard a ver los Cézanne y permanecí tres horas en su contemplación. Monsieur Vollard me dijo: «*Je vous laisse seule*», y se lo agradecí. Lloré mientras veía los cuadros, lloré también por estar sola, lloré por ti y por mí, pero me alivió llorar porque comprender, finalmente, es un embelesamiento y me estaba proporcionando una de las grandes alegrías de mi vida.

Al llegar a la casa me puse a pintar, estaba carburada, y hoy amanecí con la cabeza caliente y me senté frente a tu caballete, bajé la tela que dejaste a la mitad —perdóname, chatito, luego volveré a ponerla— y tomé una blanca y comencé. Es imposible no llegar a tener talento cuando se tienen revelaciones como la que experimenté ayer. Pinté con ahínco una cabeza de mujer que sorprendí en la calle ayer de regreso del Louvre, una mujer con ojos admirables, y, ahora que se ha ido la luz, te escribo mi conmoción y mi alegría. Por primera vez a lo largo de estos cuatro largos años siento que no estás lejos, estoy llena de ti, es decir, de pintura. Dentro de algunos días pienso ir al Louvre de nuevo: veré otra sala, la de los flamencos que a ti tanto te atraen; los veré contigo, asida de tu mano, y volveré también a la galería de los Cézanne. El dueño fue muy amable y comprensivo conmigo y esto le dio alas a mi corazón. Siento que he vuelto a nacer, tantos años de entregarme a la pintura, tantas academias, tantas horas en el taller, tanto ir y venir contigo y sólo ayer tuve la revelación. Te escribo todavía con el temblor de la emoción, chatito adorado, y espero que al tomar esta hoja blanca percibas esta vibración entre tus dedos y me veas conmocionada y agradecida y como siempre tuya

Quiela

17 de diciembre de 1921

No te escribí durante más de quince días, Diego, porque he estado enferma. A consecuencia de mi visita al Louvre, en medio de la mayor exaltación me puse a manchar una tela, agitada y con dolor de cabeza. Desatendiendo la tela, al poco rato tomé un lápiz y deseché un boceto tras otro y como se me había acabado el papel, recogí las hojas para dibujar tras de ellas. Nada me satisfizo. Me levanté a las cuatro de la mañana como tú lo hacías y traté de organizar la composición y seguí haciéndolo todo el día, luché como no te imaginas, ni siquiera me levanté para cocinar algo, y recordé nuestros caldos de huesos y unas cuantas legumbres —«pucheros», los llamabas—, sonreí para mí misma al pensar que ojalá y hubiera una Angelina que cuidara de mí y me rogara interrumpir tan sólo un momento para comer un poco, y continué hasta la noche convulsivamente, empezando una y otra vez. Pensé que tu espíritu se había posesionado de mí, que eras tú y no yo el que estaba dentro de mí, que este deseo febril de pintar provenía de ti y no quise perder un segundo de tu posesión. Me volví hasta gorda, Diego, me desbordaba, no cabía en el estudio, era alta como tú, combatía en contra de los espíritus —tú me dijiste alguna vez que tenías tratos con el diablo— y lo recordé en ese momento porque mi caja toráxica se expandió a tal grado que los pechos se me hincharon, los cachetes, la papada; era yo una sola llanta, busqué un espejo y en efecto, allí estaba mi cara abotagada y ancha, palpitante como si la soplaran con un fuelle desde adentro, ¡cómo me latían las sienes! ¡Y los ojos! ¡Qué enrojecidos! Sólo entonces me toqué la frente y me di cuenta de que tenía fiebre, ¡bendita fiebre!, había que aprovecharla, vivir esta hora hasta el fondo, te sentí sobre de mí, Diego, eran tus manos y no las mías las que se movían. Después no supe lo que pasó, debo haber perdido el conocimiento porque amanecí tirada junto al caballete con un frío tremendo. La ventana estaba abierta. Seguramente la abrí en la noche como tú solías hacerlo cuando sentías que tu cuerpo se agigantaba hasta cubrir paredes, rincones, abarcaba una mayor extensión sobre la tierra, iba más allá de sus límites, los rompía. Naturalmente pesqué una angina de pecho y si no es por la solicitud de la *concierge*, sus *bouillons de poule* diarios, ahora mismo estarías despidiéndote de tu Quiela. Me he debilitado mucho, no he salido y salvo Zadkin que vino a preguntar una tarde si tenía yo noticias tuyas, mi contacto con el mundo exterior es nulo. Mi mayor alegría sería ver entre mi escasa correspondencia una carta con un timbre de México, pero éste sería un milagro y tú no crees en los milagros. He estado muy excitada; la pintura es el tema central de mis meditaciones. Hace ya muchos años que pinto; asombraba yo a los profesores en la Academia Imperial de Bellas Artes de San Petersburgo, decían que estaba yo muy por encima de la *moyenne*, que debería continuar en París, y creí en mis disposiciones extraordinarias. Pensaba: todavía soy una extranjera en el país de la pintura, pero puedo algún día tomar residencia. Cuando gané la beca para ir a la Academia Imperial de San Petersburgo ¡ay, Diego, entonces pensé que yo tenía en mí algo maravilloso, algo que a toda costa tendría que proteger y salvaguardar! Mi meta final sería París, l'Académie des Beaux Arts. Ahora sé que se necesita otra cosa. Darme cuenta de ello, Diego, ha sido un mazazo en la cabeza y no puedo tocarlo con el pensamiento sin que me duela horriblemente. Claro, prometo, prometo, pero ¿prometo desde hace cuánto? Soy todavía una promesa. A veces me consuela tu propio sufrimiento a la hora de la creación y pienso: «Si para él era tan duro, cuantimás yo», pero el consuelo dura poco porque sé que tú eres ya un gran pintor y llegarás a serlo extraordinario, y yo tengo la absoluta conciencia de que no llegaré mucho más lejos de lo que soy. Necesitaría mucha libertad de espíritu, mucha tranquilidad para iniciar la obra maestra y tu recuerdo me atenaza constantemente además de los problemas que te sabes de memoria y no enumero para no aburrirte; nuestra pobreza, el frío, la soledad. Podrías decirme como lo has hecho antes que cualquiera envidiaría mi soledad, que tengo todo el tiempo del mundo para planear y llevar a cabo una buena obra, pero en estos días me he removido en mi cama torturada por el recuerdo de la muerte de mi hijo (y no envuelta como tú por las llamaradas del fuego sagrado). Sé que tú no piensas ya en Dieguito; cortaste sanamente, la rama reverdece, tu mundo es otro, y mi mundo es el de mi hijo. Lo busco, chatito, físicamente me hace falta. Si él estuviera vivo, si compartiera conmigo este estudio, tendría que levantarme por más mal que me sintiera, atenderlo, darle de comer, cambiarlo y el solo hecho de hacerle falta a alguien me aliviaría. Pero ahora él está muerto y yo no le hago falta a nadie. Tú me has olvidado allá en tu México que tanto deseé conocer, nos separa el Atlántico, aquí el cielo es gris y allá en tu país siempre azul, y yo me debato sola sin tener siquiera el consuelo de haber trazado en estos días una línea que valga la pena.

Se despide de ti y te besa tristemente

Tu Quiela

23 de diciembre de 1921

De nuevo me mandaron llamar de *Floreal*, quieren otros grabados, llegó un *pneumatique* y no sabes el ánimo que esa simple hoja de papel doblada en cuatro me proporcionó. Fui al día siguiente a la Rue de Rennes, era mi primera salida, Monsieur Vincent me dijo al ver mi palidez cadavérica: «*Voilà ce que c'est que l'amour*». Pide diez ilustraciones, le encantaron a él y al Consejo Editorial las que hicimos juntos antes de tu partida. Reí interiormente al recordar cómo pintamos el escudo ruso que me encargó el cónsul del Zar en Barcelona y lo bien que nos pagó por ese trabajo que hicimos sobre lámina de cobre. Entraba el aire de mar por la ventana y tú te sentías bien; pintamos entre risas, nos pagó el equivalente de un año de mi pensión y al ir al Banco, no podíamos creerlo. Solicité de Monsieur Vincent un plazo mayor, porque siento que sólo voy a poder trabajar muy poco a poco por los vapores del ácido en las placas de grabado. Si me costaba trabajo aguantarlos, ahora me resultará difícil por este agotamiento general sobrevenido a raíz de la pleuresía. Porque fue pulmonía la que tuve, chatito, no quise decírtelo para no preocuparte. Ahora ya salí y esta visita a *Floreal* me ha dado nuevos bríos. Me abre la posibilidad de ganar algo de dinero para reunirme contigo y el solo pensamiento es ya un anticipo del paraíso. No me atreví a pedir un anticipo (ese sí pecuniario), pero Monsieur Vincent me lo ofreció espontáneamente. Le hubiera echado los brazos al cuello; en vez de ello me limité a agradecérselo en la forma más cortés que pude. Me parece ser un hombre que conoce a fondo la naturaleza humana y la ve con indulgencia. Pienso compensar la actual penuria económica con la gran ilusión que siento por instalarme frente a mi mesa de trabajo, mejor dicho, la tuya, e iniciar los proyectos. Gracias a Monsieur Vincent tendré con qué comprar carbón, cuatro o cinco papas pesarán en mi *filet à provisions*. En estos últimos meses mis finanzas se deterioraron tanto que asistí a la Pascua Rusa sólo por los huevos duros y el enorme pan que reparten. Me tocaron dos huevos, pero un anciano sin dientes y con un abrigo de piel me pasó los suyos asegurándome que no le gustaban. Así, llegué a la casa con un gran pan y cuatro huevos duros, lo suficiente para alimentarme durante cuatro días. Todavía pasé a la Rue Darru y compré pepinos en agua de sal. ¿Te acuerdas cómo te fascinaban los barriles de arenque, las aceitunas negras, los pirushkis, el salchichón, las cebollas, el kulibiak, los pepinos en su agua de sal tan buenos para la cruda? En la casa hice té y comí lenta, deleitosamente el primer huevo duro… ¡Hubieras visto la maravilla de iconos que sacan una vez al año después de tenerlos guardados toda la vida! No hay ruso que salga de San Petersburgo sin su samovar y su icono; la procesión de iconos se hizo en torno a la iglesia mientras se desprendían de la nave los coros más fervorosamente violentos y sobrecogedores que he escuchado jamás. Aún veo la misa de medianoche con la transición de los cantos de duelo a los de resurrección y triunfo, los cirios que alumbraban desde abajo todos los rostros que desfilaban, las mujeres con sus charolas de huevos pintados, sus pasteles de pascua, uno de queso fresco, otro de galleta llamado kulitch que la gente trae para que lo bendigan. Pero más me emocionaron los abrazos de los desconocidos que me tomaban entre sus brazos y estampaban grandes y ruidosos besos en mis mejillas. Necesitaba eso, Diego, sentir ese calor humano. Yo ya no pido sabiduría ni fuerza, sólo un poco de calor, sólo que me dejen calentar junto al fuego, y de buena gana me hubiera ido A la Ville de Petrograd a donde se dirigían todos a oír balalaicas y canciones gitanas. Extraño la comida rusa, el solo hecho de morder un huevo duro me devuelve a la infancia. ¿Recuerdas a aquel mendigo que estaba delante de la catedral, siempre borracho sea cual fuere la hora en que uno pasara, y estiraba la mano para decir en ruso: «Denme para un vodkita», y que a ti te parecía el hombre más convincente del mundo? No lo vi y lo extrañé... Pregunté por él en la tienda, pero no saben nada. Es una ausencia más en mi vida, ¡quién me manda enfermarme y no salir a la calle durante tantos días! A mi regreso busqué las casas sucias y negras que observabas con detenimiento, me metí al pequeño patio húmedo y también negro y miré las ventanas iluminadas; hice un apunte, de ti he aprendido a tomar notas, a expresarme en vez de rumiar en secreto, a moverme, a dibujar todos los días, a hacer, a decir en vez de meditar, a no disimular la conmoción, y me siento fuerte por esta abundancia de actividad, este sentimiento de expansión y de plenitud. De haberlo podido habría dibujado los coros rusos, su riqueza. Dibujé unos rostros de cera dentro de la oscuridad de la nave y los siento extrañamente vivos. Al regreso me vine por los *quais*. El agua muy clara reflejaba el firmamento claro también. *Las péniches* eran lo único negro y ennegrecían el agua con su sombra. De vez en cuando un barquito remolcaba a una *péniche* y la amarraba un poco más arriba, nunca entendí por qué. Me invadió entonces un sentimiento muy puro de exaltación religiosa, el mismo que resentía de joven en San Petersburgo, cuando después de la cena de media noche en que los sirvientes y los patrones se besaban y se abrazaban, yo me quedaba en mi cuarto sin poder dormir, viendo las cortinas que había lavado y planchado con las criadas y el icono en la esquina con su veladora que iluminaba suavemente a la virgen bizantina. Entonces yo rezaba, llena de amor sin objeto porque no tenía a quien querer. ¿Tiene objeto mi amor, ahora, Diego? Me haces falta, mi chatito, levanto en el aire mi boceto y te lo muestro, me pregunto si comerás bien, quién te atiende, si sigues haciendo esas exhaustivas jornadas de trabajo, si tus explosiones de cólera han disminuido, una cólera genial, productiva, creadora en que te arrastrabas a ti mismo como un río, te revolvías desbordante, te despeñabas y nosotros te seguíamos inmersos en la catarata, me pregunto si sólo vives para la pintura como lo hiciste aquí en París, si amas a una nueva mujer, qué rumbo has tomado. Si así fuera, Diego, dímelo, yo sabría comprenderlo, ¿acaso no he sabido comprender todo? A veces pienso que sería mejor dejar Montparnasse, abandonar la Rue du Départ, no volver a entrar jamás en La Rotonde, romper con el pasado, pero mientras no tenga noticias tuyas estoy paralizada. Unas cuantas líneas me ahorrarían días y noches de zozobra. Te abrazo, Diego, con la inquietud que solías ver con ternura

Tu Quiela

P.S. Voy a mandarte por correo en sobre de cartón, uno por uno, los bocetos de los grabados para que los apruebes o hagas alguna sugerencia. Faltándome tú, me siento frágil hasta en mi trabajo.

29 de diciembre de 1921

Siento no haber empezado a pintar más joven y ahora que ha pasado el tiempo, cómo añoro aquellos años de universidad en San Petersburgo cuando opté por el dibujo. Al principio, mi padre iba por mí, todavía recuerdo cómo nuestros pasos resonaban en las calles vacías y regresábamos platicando (por las calles) y me preguntaba por mis progresos, si no me intimidaba el hecho de que hubiera hombres en el curso nocturno de pintura. Después al ver mi seguridad, la gentileza de mis compañeros, me dejó venir sola a la casa. Cuando gané la beca para la Academia de Bellas

Artes de San Petersburgo, ¡cuánto orgullo vi en su rostro!

Desde el primer día en que entré al *atelier* en París, me impuse un horario que sólo tú podrías considerar aceptable, de ocho a doce y media del día, de una y media a cinco en la tarde, y todavía de ocho a diez de la noche. Nueve horas de pintura al día, ¿te imaginas tú lo que es eso? Diego, sí te lo imaginas tú que sólo vives para la pintura. Comía pensando en cómo lograr las sombras del rostro que acababa de dejar, cenaba a toda velocidad recordando el cuadro en el caballete, cuando hacía ensayos de encáustica pensaba en el momento en que volvería a abrir la puerta del taller y su familiar y persistente olor a espliego. Llegué incluso a ir a la universidad, con el deseo de investigar a fondo en uno de los laboratorios la física y la química de la pintura. Para la encáustica, fundí mi propia cera, con un soplete, para después ponerle esencia de espliego y pigmentos y de vez en cuando los universitarios se asomaban y me preguntaban: «¿Cómo va el color?». A la hora de comer, me enojaba si alguien me dirigía la palabra, distrayéndome de mis pensamientos, fijos en la próxima línea que habría de trazar y que deseaba yo continua y pura y exacta. Entonces estaba poseída, Diego, y tenía sólo veinte años. Nunca me sentí cansada, al contrario, me hubiera muerto si alguien me obliga a dejar esa vida. Evité el teatro, evité los paseos, evité hasta la compañía de los demás, porque el grado de gozo que me proporcionaban era mucho menor que el placer intensísimo que me daba aprender mi oficio. Suscité envidias entre mis compañeros por los elogios que me prodigó André Lhote. Una vez se detuvo ante una cabeza vista desde abajo y me preguntó:

—¿Hizo usted esto sola?

—Sí.

—¿Cuánto tiempo lleva usted aquí?

—Diez días.

Tres compañeras, una danesa, una española y una francesa que estudiaban desde hacía tres años, se acercaron a oír.

—Tiene usted disposiciones extraordinarias.

—¿Quiere usted, maestro, que le enseñe otra cabeza?

—Enséñeme inmediatamente todo lo que ha hecho. Quiero ver hasta su más mínimo trazo.

Saqué todo y las demás nos hicieron rueda. Veía yo los ojos de la española, quien dibuja admirablemente (hacía notables academias con modelos magníficos e incluso entraba al Louvre a copiar), ennegrecerse a medida que él hablaba, su rostro se había vaciado de color mientras que mis mejillas estaban enrojecidas de placer. Fue tanto lo que me estimuló Lhote que iba yo hasta los sábados en la noche y el director me miraba con simpatía. «Mademoiselle Biélova, es magnífico, trabaja usted cuando todos van a descansar o a divertirse.» «Es que no tengo nada que hacer, monsieur.» De abrir el *atelier* los domingos, allí me hubieran encontrado. Los domingos subía yo a Saint Cloud, Diego, siempre me gustó ese paseo; caminar bajo los árboles frutales en medio del campo verde con mi cuaderno de apuntes. Parecía yo un fotógrafo con lápiz en vez de cámara. Cubría yo de apuntes las tres cuartas partes de la libreta y en un rincón de una hoja dibujada, aún conservo un *Emploi du Temps* que ahora me hace sonreír, porque dividí las veinticuatro horas del día en tal forma que me quedaron cinco para dormir, una para vestirme y bañarme maldiciendo el agua que se hiela en las tuberías y hay que poner a calentar sobre la estufa, dos horas para las tres comidas del día (no por mí, sino por la tía Natasha quien me reprochaba el no visitarla, no escucharla, cuidarme mal, no tomar aire fresco, no acompañarla de compras o de visita) y dieciséis horas para pintar. Los trayectos ¡qué lentos se me hacían, mi Diego! De haberlo podido me hubiera tirado a dormir junto a mi caballete, cada minuto perdido era un minuto menos para la pintura. Quería yo hacer en un año el trabajo de cuatro, ganarles a todos, obtener el Prix de Rome. A tía Natasha le sacaba de quicio mi apasionamiento. Una noche en que había quedado de acompañarla al teatro, al ver a toda la gente entrar con ese rostro expectante y vacío del que espera divertirse pensé: «¿Qué estoy haciendo aquí en vez de estar frente a mi caballete?», y sin más me di la vuelta y planté a la tía a la mitad de la explanada. A la mañana siguiente no quiso abrirme la puerta. Yo no entendía por qué, no recordaba nada. Yo creo que la pintura es así, se le olvida a uno todo, pierde uno la noción del tiempo, de los demás, de las obligaciones, de la vida diaria que gira en torno a uno sin advertirla siquiera. En el *atelier*, una tarde que atravesé el salón para tomar la botella de gasolina y limpiar mi paleta, oí que la española decía claramente y en voz alta de modo que yo la oyera:

«Al principio se hacen siempre progresos ex-tra-or-di-na-rios, fe-no-me-na-les, pro-di-gio-sos, al principio se deslumbra siempre a los maestros, lo difícil viene después, cuando se ha perdido la impunidad y la frescura y el atrevimiento de los primeros trazos y se da uno cuenta, con toda conciencia, de lo mucho que falta aprender, de que en realidad no se sabe nada». Me seguí de largo, mi paleta limpia, y la danesa que es muy buena persona seguramente pensó que estaba yo herida, porque me ayudó a arreglar mi naturaleza muerta, el vaso, las tres naranjas, la cuchara dentro del vaso de tal modo que le diera el reflejo exacto, la servilleta desdoblada, la rebanada de pan. Yo no estaba herida, pero las palabras de la española zumbaban dentro de mis oídos y en la noche no pude dormir pensando: «¿Y si de pronto fuera yo a perder esta facilidad? ¿Si de pronto me estancara consciente de que no sé nada? ¿Si de pronto me paralizara la autocrítica o llegara al agotamiento de mi facultad?». Sería tanto como perder mi alma, Diego, porque yo no vivía sino en función de la pintura; todo lo veía como un dibujo en prospecto, el vuelo de una falda sobre la acera, las rugosas manos de un obrero comiendo cerca de mí, el pan, la botella de vino, los reflejos cobrizos de una cabellera de mujer, las hojas, los ramajes del primer árbol. Yo nunca me detuve a ver a un niño en la calle (por ejemplo) por el niño en sí. Lo veía ya como el trazo sobre el papel; debía yo captar exactamente la pureza de la barbilla, la redondez de la cabecita, la nariz casi siempre chata, ¿por qué serán siempre chatos los niños, chatito?, la boca dulce, jamás inmóvil, y tenía yo que hacerlo en el menor tiempo posible porque los niños no posan ni cinco minutos sin moverse, pero yo no veía al niño, veía sus líneas, su contorno, sus luces, no preguntaba siquiera cómo se llamaba. A propósito, ¿te acuerdas de esa modelo belga un poco entrada en años que lograba dormirse con los ojos abiertos?

Ahora todo ha cambiado y veo con tristeza a los niños que cruzan la calle para ir a la escuela. No son dibujos, son niños de carne y hueso. Me pregunto si irán suficientemente cubiertos, si dentro de la mochila su madre puso un *goûter* alimenticio, quizá un *petit pain au chocolat*. Pienso que uno de ellos podría ser nuestro hijo, y siento que daría no sé qué, mi oficio, mi vida de pintora por verlo así con su *tablier d'écolier* a cuadritos blancos y azules, haberlo vestido yo misma, pasado el peine entre sus cabellos, recomendado que no se llene los dedos de tinta, que no rompa su uniforme, que no... en fin, todo lo que hacen las madres dichosas que a esta hora en todas las casas de París aguardan a sus hijos para tomarlos entre sus brazos. La vida se cobra muy duramente, Diego, nos merma en lo que creemos es nuestra única fuente de vitalidad; nuestro oficio. No sólo he perdido a mi hijo, he perdido también mi posibilidad creadora; ya no sé pintar, ya no quiero pintar. Ahora que podría hacerlo en casa, no aprovecho mi tiempo. Como este invierno ha sido largo, oscurece a las cuatro de la tarde y entonces tengo que dejar de trabajar durante una hora y hasta dos, mientras mis ojos se acostumbran a la luz eléctrica. ¿Te acuerdas cuando decías que los ojos azules lo son porque no alcanzaron color, que el café es el color de las mujeres de tu tierra y que es rotundo y definitivo como el barro, como el surco, como la madera? Yo siento ahora que estos ojos tan deslavados se han debilitado y me cuesta muchísimo trabajo entrenarlos, volverlos a la hoja blanca, fijarlos. Me siento frente a la mesa con una cobija sobre las piernas, porque es la única manera de no entumirme, y avanzo lenta, trabajosamente. Ahora que quisiera tener una tía Natasha a quien visitar ha muerto y no sé a dónde volver la cabeza. Adiós, Diego, perdona a ésta tu Angelina que hoy en la noche, a pesar del trabajo de *Floreal* que espera sobre la mesa, está desmoralizada. Te abrazo y te digo de nuevo que te amo, te amaré siempre, pase lo que pase.

Tu Quiela

2 de enero de 1922

En los papeles que están sobre la mesa, en vez de
los bocetos habituales, he escrito con una letra
que no reconozco: «Son las seis de la mañana y Diego no está aquí». En otra hoja blanca que nunca me
atrevería a emplear si no es para un dibujo, miro
con sorpresa mi garabato: «Son las ocho de la mañana, no oigo a Diego hacer ruido, ir al baño, reco-
rrer el tramo de la entrada hasta la ventana y ver el
cielo en un movimiento lento y grave como acos-
tumbra hacerlo y creo que voy a volverme loca»,
y en la misma más abajo: «Son las once de la mañana, estoy un poco loca, Diego definitivamente

no está, pienso que no vendrá nunca y giro en el cuarto como alguien que ha perdido la razón. No tengo en qué ocuparme, no me salen los grabados, hoy no quiero ser dulce, tranquila, decente, sumisa, comprensiva, resignada, las cualidades que siempre ponderan los amigos. Tampoco quiero ser maternal; Diego no es un niño grande, Diego sólo es un hombre que no escribe porque no me quiere y me ha olvidado por completo». Las últimas palabras están trazadas con violencia, casi rompen el papel, y lloro ante la puerilidad de mi desahogo. ¿Cuándo lo escribí? ¿Ayer? ¿Antier? ¿Anoche? ¿Hace cuatro noches? No lo sé, no lo recuerdo. Pero ahora, Diego, al ver mi desvarío te lo pregunto y es posiblemente la pregunta más grave que he hecho en mi vida. ¿Ya no me quieres, Diego? Me gustaría que me lo dijeras con toda franqueza. Has tenido suficiente tiempo para reflexionar y tomar una decisión por lo menos en una forma inconsciente, si es que no has tenido la ocasión de formularla en palabras. Ahora es tiempo de que lo hagas. De otro modo arribaremos a un sufrimiento inútil, inútil y monótono como un dolor de muelas y con el mismo resultado. La cosa es que no me escribes, que me escribirás cada vez menos si dejamos correr el tiempo y al cabo de unos cuantos años llegaremos a vernos como extraños si es que llegamos a vernos. En cuanto a mí, puedo afirmar que el dolor de muelas seguirá hasta que se pudra la raíz; entonces ¿no sería mejor que me arrancaras de una vez la muela, si ya no hallas nada en ti que te incline hacia mi persona? Recibo de vez en cuando las remesas de dinero, pero tus recados son cada vez más cortos, más impersonales, y en la última no venía una sola línea tuya. Me nutro indefinidamente con un «Estoy bien, espero que tú lo mismo, saludos, Diego», y al leer tu letra adorada trato de adivinar algún mensaje secreto, pero lo escueto de las líneas escritas a toda velocidad deja poco a la imaginación. Me cuelgo de la frase: «Espero que tú lo mismo», y pienso: «Diego quiere que yo esté bien», pero mi euforia dura poco, no tengo con qué sostenerla. Debería quizá comprender por ello que ya no me amas, pero no puedo aceptarlo. De vez en cuando, como hoy, tengo un presentimiento, pero trato de borrarlo a toda costa. Me baño con agua fría para espantar las aves de mal agüero que rondan dentro de mí, salgo a caminar a la calle, siento frío, trato de mantenerme activa, en realidad, deliro. Y me refugio en el pasado, rememoro nuestros primeros encuentros en que te aguardaba enferma de tensión y de júbilo. Pensaba: en medio de esta multitud, en pleno día entre toda esta gente, del Boulevard Raspail, no, de Montparnasse, entre estos hombres y mujeres que surgen de la salida del metro y van subiendo la escalera, él va a aparecer, no, no aparecerá jamás porque es sólo un producto de mi imaginación, por lo tanto yo me quedaré aquí plantada en el café frente a esta mesa redonda y por más que abra los ojos y lata mi corazón, no veré nunca a nadie que remotamente se parezca a Diego. Temblaba yo, Diego, no podía ni llevarme la taza a los labios, ¡cómo era posible que tú caminaras por la calle como el común de los mortales!, escogieras la acera de la derecha; ¡sólo un milagro te haría emerger de ese puñado de gente cabizbaja, oscura y sin cara, y venir hacia mí con el rostro levantado y tu sonrisa que me calienta con sólo pensar en ella! Te sentabas junto a mí como si nada, inconsciente ante mi expectativa dolorosa, y volteabas a ver al hindú que leía el *London Times* y al árabe que se sacaba con el tenedor el negro de las uñas. Aún te veo con tus zapatos sin bolear, tu

viejo sombrero olanudo, tus pantalones arrugados, tu estatura monumental, tu vientre siempre
precediéndote y pienso que nadie absolutamente
podría llevar con tanto señorío prendas tan aja-
das. Yo te escuchaba quemándome por dentro,
las manos ardientes sobre mis muslos, no podía
pasar saliva y, sin embargo, parecía tranquila y tú
lo comentabas: «¡Qué sedante eres, Angelina, qué
remanso, qué bien te sienta tu nombre, oigo un
levísimo rumor de alas!». Yo estaba como droga-
da, ocupabas todos mis pensamientos, tenía un
miedo espantoso de defraudarte. Te hubiera te-
legrafiado en la noche misma para recomponer
nuestro encuentro, porque repasaba cada una
de nuestras frases y me sentía desgraciada por mi
torpeza, mi nerviosidad, mis silencios, rehacía,
Diego, un encuentro ideal para que volvieras a tu
trabajo con la certeza de que yo era digna de
tu atención, temblaba, Diego, estaba muy consciente de mis sentimientos y de mis deseos inarti-
culados, tenía tanto qué decirte —pasaba el día en-
tero repitiéndome a mí misma lo que te diría— y
al verte de pronto, no podía expresarlo y en la
noche lloraba agotada sobre la almohada, me
mordía las manos: «Mañana no acudirá a la cita,

mañana seguro no vendrá. Qué interés puede tener en mí», y a la tarde siguiente, allí estaba yo frente al mármol de mi mesa redonda, entre la mesa de un español que miraba también hacia la calle y un turco que vaciaba el azucarero en su café, los dos ajenos a mi desesperación, a la taza entre mis manos, a mis ojos devoradores de toda esa masa gris y anónima que venía por la calle, en la cual tú tendrías que corporizarte y caminar hacia mí.

¿Me quieres, Diego? Es doloroso, sí, pero indispensable saberlo. Mira, Diego, durante tantos años que estuvimos juntos, mi carácter, mis hábitos, en resumen, todo mi ser sufrió una modificación completa: me mexicanicé terriblemente y me siento ligada *par procuration* a tu idioma, a tu patria, a miles de pequeñas cosas, y me parece que me sentiré muchísimo menos extranjera contigo que en cualquier otra tierra. El retorno a mi hogar paterno es definitivamente imposible, no por los sucesos políticos, sino porque no me identifico con mis compatriotas. Por otra parte me adapto muy bien a los tuyos y me siento más a gusto entre ellos.

Son nuestros amigos mexicanos los que me

han animado a pensar que puedo ganarme la vida en México, dando lecciones.

Pero después de todo, esas son cosas secundarias. Lo que importa es que me es imposible emprender algo a fin de ir a tu tierra, si ya no sientes nada por mí o si la mera idea de mi presencia te incomoda. Porque en caso contrario, podría hasta serte útil, moler tus colores, hacerte los estarcidos, ayudarte como lo hice cuando estuvimos juntos en España y en Francia durante la guerra. Por eso te pido, Diego, que seas claro en cuanto a tus intenciones. Para mí, en esta semana, ha sido un gran apoyo la amistad de los pintores mexicanos en París, Ángel Zárraga sobre todo, tan suave de trato, discreto hasta la timidez. En medio de ellos me siento en México, un poco junto a ti, aunque sean menos expresivos, más cautos, menos libres. Tú levantas torbellinos a tu paso, recuerdo que alguna vez Zadkin me preguntó: «¿Está borracho?». Tu borrachera venía de tus imágenes, de las palabras, de los colores; hablabas y todos te escuchábamos incrédulos; para mí eras un torbellino físico, además del éxtasis en que caía yo en tu presencia, junto a ti era yo un poco dueña del mundo. Élie Faure me dijo el otro día que desde que te habías ido, se había secado un manantial de leyendas de un mundo sobrenatural y que los europeos teníamos necesidad de esta nueva mitología porque la poesía, la fantasía, la inteligencia sensitiva y el dinamismo de espíritu habían muerto en Europa. Todas esas fábulas que elaborabas en torno al sol y a los primeros moradores del mundo, tus mitologías, nos hacen falta, extrañamos la nave espacial en forma de serpiente emplumada que alguna vez existió, giró en los cielos y se posó en México. Nosotros ya no sabemos mirar la vida con esa gula, con esa rebeldía fogosa, con esa cólera tropical; somos más indirectos, más inhibidos, más disimulados. Nunca he podido manifestarme en la forma en que tú lo haces; cada uno de tus ademanes es creativo; es nuevo, como si fueras un recién nacido, un hombre intocado, virginal, de una gran e inexplicable pureza. Se lo dije alguna vez a Bakst y me contestó que provenías de un país también recién nacido: «Es un salvaje —respondió—, los salvajes no están contaminados por nuestra decadente ci-vi-li-za-ción, pero ten cuidado, porque suelen tragarse de un bocado a las mujeres pequeñas y blancas». ¿Ves cuán presente te tenemos, Diego? Como lo ves estamos tristes. Élie Faure dice que te ha escrito sin tener respuesta. ¿Qué harás en México, Diego, qué estarás pintando? Muchos de nuestros amigos se han dispersado. Marie Blanchard se fue de nuevo a Brujas a pintar y me escribió que trató de alquilar una pieza en la misma casa en que fuimos tan felices y nos divertimos tanto, cuando te levantabas al alba a adorar al sol y las mujeres que iban al mercado soltaban sus canastas de jitomates, alzaban los brazos al cielo y se persignaban al verte parado en el pretil de la ventana totalmente desnudo. Juan Gris quiere ir a México y cuenta con tu ayuda, le prometiste ver al director del Instituto Cultural de tu país, Ortiz de Zárate y Ángel Zárraga piensan quedarse otro tiempo, Lipschitz también mencionó su viaje, pero últimamente le he perdido la pista porque dejó de visitarme. Picasso se fue al sur en busca del sol; de los Zeting nada, como te lo he escrito en ocasiones anteriores. A veces, pienso que es mejor así. Hayden, a quien le comuniqué la frecuencia con la que te escribía, me dijo abriendo los brazos: «Pero, Angelina, ¿cuánto crees que tarden las cartas? Tardan mucho, mucho, uno, dos, tres meses, y si tú le escribes a Diego cada ocho, quince días, como me lo dices, no da tiempo para que él te conteste». Me tranquilizó un poco, no totalmente, pero en fin, sentí que la naturaleza podía conspirar en contra nuestra. Sin embargo, me parece hasta inútil recordarte que hay barcos que hacen el servicio entre Francia y México. Zadkin en cambio me dijo algo terrible mientras me echaba su brazo alrededor de los hombros obligándome a caminar a su lado: «Angelina, ¿qué no sabes que el amor no puede forzarse a través de la compasión?».

Mi querido Diego, te abrazo fuertemente, desesperadamente por encima del océano que nos separa.

Tu Quiela

17 de enero de 1922

No me has mandado decir nada de los bocetos, así es que me lanzo sola porque *Floreal* no puede esperar. Primero hice naturalezas muertas, botellas y frutas, líneas curvas, círculos de color sobre una mesa angular para romper un tanto la redondez, porque mis figuras de estos últimos meses no son geométricas, al contrario, redondas y dulces, no puedo dislocar las líneas rectas como lo hacía antes, las mantengo y todo lo envuelvo en una luz azul, la misma que dices me envolvía cuando me desplazaba ante tus ojos. Después y sin pensarlo dos veces, me puse a pintar paisajes urbanos y sin más pasé a hacer cabezas y caritas de niños que son, a mi juicio, las mejor logradas. Es mi hijo el que se me viene a la yema de los dedos. Dibujé a un niño de año y medio, dolido y con la cabeza de lado, casi transparente, así como me pintaste hace cuatro años y esa figura me gusta mucho. Mis colores no son brillantes, son pálidos y los más persuasivos son naturalmente los azules en sus distintos tonos. Ves que a pesar de todo he trabajado; es el *métier*, me quejo pero fluye la mano, fluye la pintura suavemente. Entre tanto, tu voz bien amada resuena en mis oídos: «Juega, Angelina, juega, juega como lo pide Picasso, no tomes todo tan en serio», y trato de aligerar mi mano, de hacer bailar el pincel, incluso lo suelto para sacudir mi mano cual marioneta y recuerdo tu juego mexicano: «Tengo manita, no tengo manita porque la tengo desconchavadita», y regreso a la tela sin poder jugar, mi hijo muerto entre los dedos. Sin embargo, creo que he conseguido una secreta vibración, una rara transparencia.

Han venido algunos amigos rusos, Archipenko y Larionov, del tiempo de la guerra, pero no los acompaño a La Rotonde porque me remueve demasiado, y como no puedo ofrecerles nada de comer, ni un vodka, se van pronto. Ven el papel blanco que aguarda sobre mi mesa y se despiden respetuosamente: «No queremos quitarle tiempo, está usted trabajando». Zadkin, en cambio, me preguntó el otro día dónde estaban tus dibujos y se puso a hojearlos; saqué el óleo que no está firmado, parecido a *El despertador,* y me dijo que Rosenberg posiblemente se interesara en él. Me contó que Elías Ehrenburg le había vendido muy bien un cuadro tuyo en 280 francos; que Rosenberg tenía mucho ojo y compraba como loco. «Usted no debería estar padeciendo, Angelina, ¿por qué no vende algo de esto? Apuesto a que ni siquiera lo ha intentado.» Le repuse que no, que eran mi vida misma, que de irme a México serían mi único equipaje. Sacudió la cabeza y me preguntó de nuevo: «¿Por qué no pone usted el samovar sobre la estufa?». Le dije que había perdido la costumbre. «¿No tiene usted té?» «No.» Entonces salió y regresó con una caja de aluminio comprada en la Rue Darru y ordenó: «Ahora vamos a tomar té». Tiene una manera afectuosa y brusca de hacer las cosas y nada puedo tomarle a mal, ni siquiera cuando se detiene frente a uno de tus bocetos y habla de la fuerza perturbadora y arbitraria de tus trazos. «Es como él», grita, «abarca todo el espacio, no sabe lo que es el silencio». «Al contrario», le respondí, y le hablé de tu silencio anterior a la creación. Era la primera vez que hablaba yo de un solo impulso y durante un tiempo considerable, al menos para mí, y Zadkin me observaba en silencio, después me dijo sacudiendo la cabeza: «Se ha mexicanizado usted tanto que ha olvidado cómo hacer el té». Es cierto, me las arreglé para que el té no fuera bueno. Ossip Zadkin se fue a las nueve de la noche. Me alegran sus cachetes rojos y sus cabellos hirsutos, sus ademanes breves y rápidos, su bonhomía. Y me acosté contenta porque tomé té, porque hablé de ti, porque su amistad me conforta.

Diego, te abrazo con toda mi alma, tanto como te quiero.

Tu Quiela

28 de enero de 1922

Sabía yo por amigos que también le mandas dinero a Marievna Vorobiev Stebelska (y en ello reconozco tu gran nobleza), pero hoy para que no me cupiera la menor duda le enviaste 300 francos conmigo, rogándome con tu letra presurosa que se los hiciera llegar porque según tú, yo soy la persona más cumplida y más responsable sobre la Tierra. *C'est un peu fort*, ¿no, Diego? Le pedí a Fischer que llevara el dinero. No las he vuelto a ver, ni a Marievna ni a la pequeña Marika, pero me han dicho que ella se te parece muchísimo. Aunque me hayas escogido como confidente y agradezco tu gesto, no puedo verlas porque siento celos y no logro reprimirlos. Hiciste bien en decírmelo, Diego, no te reprocho nada, después de todo Ehrenburg fue quien te presentó a Marievna cuando preguntaste en La Rotonde: «¿Y quién es esta admirable caucasiana?». Y en ese momento, Marievna también buscó mi amistad, pero mis celos son ardientes y no tolero siquiera pensar en ellas, ni en la madre, ni en tu hija. Pienso en nuestro hijo muerto y me invade una gran desesperación. Cuando te pedí otro hijo, aunque te fueras, aunque regresaras a México sin mí, me lo negaste. Y Marievna tiene una hija tuya y está viva y crece y se parece a ti, aunque tú la llames la «hija del Armisticio». Tú has sido mi amante, mi hijo, mi inspirador, mi Dios, tú eres mi patria; me siento mexicana, mi idioma es el español aunque lo estropee al hablarlo. Si no vuelves, si no me mandas llamar, no sólo te pierdo a ti, sino a mí misma, a todo lo que pude ser. Para Marievna, tú sólo fuiste uno más. Tú mismo me lo dijiste: «Era el armisticio y por ese solo hecho, con la loca alegría del fin de la guerra, todas las mujeres abrieron los brazos para recibir a todos los hombres. La vida se vengaba así de la muerte». Marievna Vorobiev

Stebelska estuvo siempre entre nuestras amistades rusas, sentada en La Rotonde junto a Boris Savinkov. Una noche contó casi a gritos que había sido amante de Gorki; creíamos que lo era de Ehrenburg; en Montparnasse llamaba la atención por su forma desinhibida de llegar hasta nosotros. Por lo pronto yo no tenía tiempo para Marievna, lo único que me interesaba era ver tu evolución entre mis amigos, cómo te concretaste primero a escuchar, después, al calor de la discusión, a gritarles tus ideas en un español salpicado de palabras francesas, de palabras rusas; inventabas el idioma, lo torcías a tu antojo y rompías la barrera; tus ideas iban más allá de las limitaciones del lenguaje; eras tan claro que nos dejabas a todos sorprendidos, sobre todo a mí, que día tras día, tomaba clases para aprender tu idioma y repetía la gramática con una puntualidad escolar sin aventurarme jamás. ¡Cómo recuerdo los ojos de nuestros amigos fijos en ti! Los de Marievna también, prodigiosamente atentos, y por el solo hecho de admirarte la hice mi amiga, sí, era mi amiga y la embarazaste y, sin embargo, tú y yo seguimos. Sentí que las simpatías de los amigos eran para mí, no para Marievna. Ella era la amante, yo la esposa. Enfermaste a raíz de tu relación con ella. Fuimos al Perigueux a la cura de ostras. Después quisiste hacer la dieta de fresas. Tú y yo atravesamos juntos las mismas penalidades. Me lo contabas todo, la locura de Marievna, su persecución desquiciante, el peligro que según tú representaba. Yo te escuchaba y lo compartí todo; Marievna también fue mi verdugo.

Lo compartimos todo, Diego, cuando había un queso, una hogaza de pan, una botella de vino llamábamos a los amigos para gozar de estos manjares. ¿Recuerdas el salchichón que conseguí en el mercado negro y cómo por poco y se lo acaba Modigliani? ¿Y el camembert que Hayden trajo escondido entre los pliegues de su abrigo y que estuvo a punto de dejar caer por la ventana al asomarse? ¡Qué tiempos aquellos, chatito! ¡Nos reíamos como niños en medio del horror! ¿Recuerdas cómo Adam Fischer trajo a la casa un *litre de gros rouge* y en el camino no aguantó y le dio un sorbito, en la esquina otro y bajo la puerta de nuestro estudio otro y llegó mareado porque hacía tanto que no lo probaba? Marievna era parte de nuestra camaradería y en cierta forma nos traicionó a todos. El otro jueves seguí a los niños —a veces me sorprendo siguiendo a los *écoliers*— y me senté junto a ellos en el Jardin du Luxembourg para ver el Guignol. Entre las figuras había una mujer muy alta, con un tupé rubio en forma de fleco sobre los ojos tremendamente azules, y la marioneta me hizo pensar en Marievna. En la obra hacía lo mismo que Marievna; les propinaba a todos una tremenda cachetada lo cual hacía reír hasta las lágrimas a los espectadores. Parecía una fiera. Todos los demás títeres se comunicaban entre sí por medio del habla, la única que lo hacía a golpes era la muñeca rubia y los niños empezaron a llamarla a gritos; querían ver cómo se liaba a sopapos con el primero que se le atravesaba. Era muy popular. También fue popular Marievna. Hasta conmigo. ¡Pero basta de Marievna! ¿Te acuerdas de ese frasco de arena de mar que trajimos de Mallorca, de Cala de San Vicente, y que empezaste a pegar sobre la tela dejando intacta la textura de la arena? No lo he encontrado en ninguna parte y me duele porque recuerdo tu emoción ante el Mediterráneo y los movimientos del agua a nuestros pies. Quisiera encontrarlo porque justamente pinté un paisaje de agua y me gustaría recobrar algo de aquella playa.

Avanzo lentamente, estoy muy lejos de pintar como el pájaro canta, como lo pedía Renoir. Pero soy tu pájaro al fin y al cabo y he anidado para siempre entre tus manos.

Tu Quiela

2 de febrero de 1922

Por fin una carta con un sobre timbrado de México, la abrí con verdadera ansia, era de papá, cuánto lo quiero. Me duele mucho saber que estuvo muy malo y es verdadera mi aflicción al no poderlo ver, pero acerca de mi deseo de verlos ya no te hablaré más, Diego, porque la iniciativa tiene que venir de ti y si no… es hasta chocante insistir. Ahora mismo pienso que podría estar al lado de papá, atendiéndolo, devolviéndole un poco del mucho cariño que me dio con sus letras. Le respondí a vuelta de correo y le pregunté por México, por tu madre y su trabajo agobiante, por la

69

casa, por tu hermana María, por lo que tú haces, y confío en que me escribirá, porque en sus breves líneas pude notar su gran corazón. El hecho de que tu padre me llame *hija* me exalta; él piensa que soy tu mujer, *sabe* que soy tu mujer, entonces es que no hay otra, sólo yo, y esto, Diego, es para mí un infinito consuelo a pesar de tu silencio que atribuyo a tu exceso de trabajo, al cambio, a los proyectos emprendidos, a las largas discusiones que suscitas al atardecer; te imagino alrededor de una mesa intercambiando ideas, sacudiendo cabezas, obligándolos a pensar, inflamándolos con tu pasión, haciéndolos enojar también y luego explotando en cólera como explotaste cuando te dije que estaba embarazada y vociferaste, amenazaste tirarte desde el séptimo piso, enloqueciste y me gritaste abriendo los dos batientes: «Si este niño me molesta, lo arrojaré por la ventana». A partir de ese momento empezaste a vivir con rapidez como si quisieras comprimir toda una vida en una sola hora. Llegaste a pintar durante veinte horas reservando cuatro para dormir, estabas tan febril que te pusiste a hablar solo. Entonces tuve que llamar a un médico y él te dijo: «La señora es la embarazada, no usted». Tú reclamabas: «¿Cómo vamos a traer a un niño a este mundo inhumano? ¿Cómo puedo yo con mi pintura cambiar el mundo antes de que él llegue?». Me hablaste de los soldados franceses que desertaban o se amotinaban porque ya no querían guerrear y a quienes había que amenazar, incluso con fuego de ametralladora, para que continuaran, y repetías incesantemente que en un mundo absurdo, inhumano y cruel como el europeo, traer a un hijo era equivalente a cometer infanticidio; me torturaste con esta idea como yo te torturé con mi embarazo, pero yo quise tener un hijo, Diego, un hijo tuyo y mío. Sin embargo, siempre te preferí a ti. Otras mujeres lo cuidaban, pero era mi hijo y bien pronto podría traérmelo al estudio, cuando ya no emitiera los chillidos que fatigaban tanto tus nervios. Vino el invierno. Todavía hoy, oigo a gente que comenta: «¡Ah, el invierno de 1917!». El niño murió. Tú y yo, en cambio, pudimos resistir todas las privaciones. Apollinaire murió un año más tarde. Alguna vez te oí decir: «Apollinaire y mi hijo murieron de lo mismo; de la estupidez humana». Recuerdo un poema de Apollinaire, ahora mismo te lo transcribo:

«En suma, oh reidores, no habéis sacado gran cosa de los hombres, apenas habéis extraído un poco de grasa de su miseria, pero nosotros que morimos de vivir lejos el uno del otro tendemos nuestros brazos y sobre esos rieles se desliza un largo tren de carga.»

Fue cuando empezaste a decir que era inconcebible que la humanidad siguiera tolerando un sistema que producía locuras como la guerra. Gritabas una y otra vez que pronto vendría una solución; tenía muchas discusiones con los rusos —mis amigos emigrados revolucionarios— sobre el papel de la pintura en el futuro orden social. Todos los días esperábamos a amigos que regresaban del frente. Y fue entonces cuando noté que tenías *le mal du pays*, volteabas los ojos hacia el sol pálido y recordabas otro, en el fondo ya querías irte. Estabas harto. Europa y su frío y su gran guerra y las tropas regresando enlodadas arrastrando sus haberes y la muerte de Apollinaire irreconocible y con la cabeza vendada, una esquirla en el cráneo, todo te había asqueado. Era hora de irte. Lo único que quizá te hubiera retenido era tu hijo y él yacía bajo la nieve. Yo hubiera zarpado contigo, pero no había dinero más que para un solo boleto. Ya no recibía mi pensión de San Petersburgo; todo lo interrumpió la guerra;

en el fondo la guerra rompió tu lazo con Francia y nuestro hijo al morir, conmigo. Lo presentí, Diego, y lo acepté. Creí firmemente que te alcanzaría después, que estos diez años de vida en común no habían sido en vano, después de todo fui tu esposa y estoy segura de que me amaste. No tengo más que ver el retrato que me hiciste para sentir tu ternura; la veo en la inclinación de mi cabeza, en la suavidad de las cejas arqueadas, en la frente amplia en todos sentidos, como queriendo expresar lo que percibías en mí de inteligencia y de sensibilidad, los ojos asombrados sugieren una actitud de admiración hacia la vida; la boca reflexiva con una leve sonrisa; veo a las tres Angelinas; antes, durante y después del embarazo, veo mi vientre abultado en que te has detenido morosamente: «Diego, hijo», escribiste, y en otro rincón de la tela: «La dulce Angelina».

Alguna vez me dijiste: «Aquí todos son rostros claros sobre fondos más oscuros. En mi país todos son rostros oscuros sobre fondos claros». Lo decías, ahora lo sé, porque añorabas esa luz que se clava en la retina, pero en ese momento creí que lo decías porque yo era la más transparente, la más diáfana. Un día comentaste: «De tan pálida, eres casi translúcida, puedo verte el corazón». Otro, al sentarme frente a ti, levantaste los ojos y escuché: «Qué prodigiosamente blanco es tu rostro. Parece siempre emerger de la oscuridad». Pensé que te fascinaba lo blanco hasta que una mañana alegaste para mi gran sorpresa: «Aquí sólo Juan Gris es mulato y lo esconde afirmando que es español. Lo que tiene de bueno es lo que tiene de negro, lo malo es lo que le queda de blanco. Se hace pasar por español porque los metropolitanos franceses malmiran a los hispanoamericanos, pero ya quisieran los pálidos, los arrugados europeos, caminar con la gracia felina del trópico; que un rayo de sol incendiara y coloreara su piel desabrida y lacia. ¡Qué vieja, qué polvosa, qué herrumbre la de Europa, Angelina!». Me sentí herida. No quise atribuirlo a mi persona y, sin embargo, no pude evitarlo. Europa te había colmado el plato con sus privaciones, su pan negro pasado, su cansancio y su hollín, tus críticas eran cada vez más frecuentes: «¡Qué lúgubres son las sirenas de las fábricas! ¡Qué triste, qué macabra es la industrialización! En mi país la gente se sienta a comer con una actitud hierática y pausada como deben hacerlo los dioses».

A menudo pienso que no me escribes ni envías dinero para el pasaje porque tienes miedo de las dificultades o de las complicaciones de la vida *à deux* en México. He pensado mucho en esto y creo que en tu país, donde nunca hemos vivido juntos, sería posible forjarse una vida en que no nos daríamos el uno al otro más de lo que pudiera darse espontáneamente. Tú estarías como siempre trabajando en lo tuyo, yo me mantendría ocupada con mis clases de dibujo, mis retratos, me ganaría la vida hasta donde fuera posible, por lo tanto estaría ausente la mayor parte del día, nos veríamos en la noche y nuestra unión se sustentaría sobre una base de trabajo y de buena voluntad, de compañerismo y de independencia. No creo nunca haber interferido en tu independencia, Diego, nunca, ni siquiera en lo de Marievna, ya ves que cuando me lo dijiste lo acepté; siempre traté de facilitar tu vida para que pintaras a pesar de la pobreza. Incluso ahora, me conformaría con mezclar tus colores, limpiar tu paleta, tener los pinceles en perfecto estado, ser tu ayudante y no embarazarme. Aquí en París, nuestra vida fue muy dura; allá bajo el sol mexicano, quizá lo sería menos y yo trataría de ser una buena mujer para ti. Alguna vez me lo dijiste: «Quiela, has sido una buena mujer para mí. A tu lado pude trabajar como si estuviera solo. Nunca me estorbaste, y eso te lo agradeceré toda mi vida». Tampoco en México te pesaría, Diego, te lo aseguro. Desde que salí de San Petersburgo, siempre supe arreglármelas sola. Tú mismo me llamabas en tu argot francés *débrouillarde* cuando llegaba con un kilo de papas o un cuartito de crema o me salía a la primera un arroz a la mexicana que engullías en menos que canta un gallo. Mis padres me enseñaron a bastarme a mí misma; les debo este inmenso regalo y nunca acabaré de agradecérselo. Pertenecí a una de esas familias de la clase media que son la fuente del liberalismo y del radicalismo en Rusia y mis propios padres me obligaron a tener una profesión. Al igual que un hijo varón, tuve que prepararme, ejercer y saber trabajar. ¡Qué sabios eran, porque al empujarme me estaban dando la clave de mi propia felicidad! El lograr mi independencia económica ha sido una de las fuentes de mayor satisfacción y me enorgullece haber sido una de las mujeres avanzadas de mi tiempo. Incluso cuando fui expulsada de la Academia de Bellas Artes por participar en una huelga estudiantil, mis padres no perdieron su confianza en mí, ni un reproche, y cuando el director me readmitió, comentaron los dos con la mirada orgullosa que siempre tuvieron cuando posaban sus ojos en mí: «No podía ser de otro modo, Angelina, tenía razón, se está haciendo justicia». A la muerte de mis padres, supe que la única forma de honrarlos era seguir mi carrera y por eso vine a estudiar a París. Éramos muchos los rusos que arribábamos a la Gare du Nord. Diaghilev viajó el mismo día que yo y Zadkin tomó el tren una semana antes. Veníamos casi un ruso por día, un ruso anhelante, deslumbrado por el fulgor de París. Con mi modesta herencia pude alquilar un estudio-habitación con cuarto de baño minúsculo y cocinita sin ventilación, pero estaba yo mejor que muchos de mis compatriotas. Poco tiempo después habría de venir la tía Natasha, mi única relación familiar en París, quien semana tras semana me invitaba para que hiciera según ella «al menos una buena comida» y me fortaleciera para seguir «esa loca vida de artista que llevas».

Te conocí en La Rotonde, Diego, y fue amor a primera vista. Apenas te vi entrar, alto, con tu sombrero de anchas alas, tus ojos saltones, tu sonrisa amable y oí a Zadkin decir: «He aquí al vaquero mexicano», y otros exclamaron: «*Voilà l'exotique*», me interesé en ti. Llenabas todo el marco de la puerta con tu metro ochenta de altura, tu barba descuidada y ondulante, tu cara de hombre bueno y sobre todo tu ropa que parecía que iba a reventarse de un momento a otro, la ropa sucia y arrugada de un hombre que no tiene a una mujer que lo cuide. Pero lo que más me impresionó fue la bondad de tu mirada. En torno a ti, podía yo percibir una atmósfera magnética que otros después descubrieron. Todo el mundo se interesaba en ti, en las ideas que exponías con impetuosidad, en tus desordenadas manifestaciones de alegría. Recuerdo aún tu mirada sobre mí, sorprendida, tierna. Luego cuando nos levantamos de la mesa y quedamos el uno junto al otro, Zadkin exclamó: «¡Miren qué chistosos se ven los dos juntos: el salvaje mexicano, enorme y llamativo, y ella, criatura pequeña y dulce envuelta en una leve azulosidad!». De una manera natural, sin votos, sin dote, sin convenio económico, sin escritura, sin contrato, nos unimos. Ninguno de los dos creíamos en las instituciones burguesas. Juntos afrontamos la vida y así pasaron diez años, los mejores de mi vida. Si se me concediera volver a nacer, volvería a escoger esos diez años, llenos de dolor y de felicidad, que pasé contigo, Diego. Sigo siendo tu pájaro azul, sigo siendo simplemente azul como solías llamarme, ladeo la cabeza, mi cabeza herida definitivamente, y la pongo sobre tu hombro y te beso en el cuello, Diego, Diego, Diego, a quien tanto amo.

Tu Quiela

22 de julio de 1922

Parece haber transcurrido una eternidad desde que te escribí y sé de ti, Diego. No había querido escribirte porque me resulta difícil callar ciertas cosas que albergo en mi corazón y de las cuales ahora sé a ciencia cierta que es inútil hablar. Tomo la pluma sólo porque juzgaría descortés no darte las gracias por el dinero que me has enviado. No lo hice por las tres últimas remesas de febrero 6, marzo 10 y principios de junio por 260, 297 y 300 francos respectivamente, y han pasado más de cuatro meses. Te mandé, eso sí, los nuevos grabados aparecidos en *Floreal*, pero ni una línea tuya al respecto. Tampoco una sola línea en las remesas de dinero. Si te dijera que hubiera preferido una línea al dinero, estaría mintiendo sólo en parte; preferiría tu amor es cierto, pero gracias al dinero he podido sobrevivir, mi situación económica es terriblemente precaria y he pensado en dejar la pintura, rendirme, conseguir un trabajo de institutriz, dactilógrafa o cualquier otra cosa durante ocho horas diarias, un *abrutissement* general con ida al cine o al teatro los sábados y paseo en Saint Cloud o Robinson los domingos. Pero no quiero eso. Estoy dispuesta a seguir en las mismas, con tal de poder dedicarme a la pintura y aceptar las consecuencias: la pobreza, las aflicciones y tus pesos mexicanos.

Ahora sé por Élie Faure de tu amor mexicano, pero mis sentimientos por ti no han cambiado ni me he buscado ni deseo yo un nuevo amor: siento que tu amor mexicano puede ser pasajero porque tengo pruebas de que así suelen serlo. Sé que a Marievna tampoco le escribes; sólo remesas de dinero, pero ya no a través mío, para no herirme, sino de Adam Fischer. Ya ves que estoy bien enterada, no porque intente averiguarlo, sino porque tus amigos y los míos me lo dicen de golpe y porrazo sin duda alguna porque creen hacerme un bien al sacarme del sueño en el que vivo. Élie Faure fue claro: «Angelina, usted siempre ha sido una mujer de un gran equilibrio y de buen sentido, tiene usted que rehacer su vida. Con Diego todo ha terminado y usted es demasiado valiosa…». Ya no recuerdo lo que siguió diciendo porque no quise escucharlo, ni lo creí siquiera. Cuando te fuiste, Diego, todavía tenía ilusiones. Me parecía que a pesar de todo seguían firmes esos profundos vínculos que no deben romperse definitivamente, que todavía ambos podríamos sernos útiles el uno al otro. Lo que duele es pensar que ya no me necesitas para nada, tú que solías gritar «Quiela» como un hombre que se ahoga y pide que le echen al agua un salvavidas.

Pero ¡vamos! Podría seguir escribiendo indefinidamente, pero como tienes poco tiempo para desperdiciar, tal vez esta carta vaya resultando demasiado larga. Es inútil pedirte que me escribas, sin embargo, deberías hacerlo. Sobre todo, contéstame esta carta que será la última con la que te importune, en la forma que creas conveniente, pero en *toutes lettres*. No necesitas darme muchas explicaciones, unas cuantas palabras serán

suficientes, un cable, la cosa es que me las digas.
Para terminar te abraza con afecto

Quiela

P.S. ¿Qué opinas de mis grabados?

Bertram Wolfe, a quien estas cartas le deben mucho de su información, consigna en *La fabulosa vida de Diego Rivera* que sólo en 1935, es decir, trece años después, impulsada por pintores mexicanos amigos suyos, Angelina Beloff logró ir a la tierra de sus anhelos. No buscó a Diego, no quería molestarlo. Cuando se encontraron en un concierto en Bellas Artes, Diego pasó a su lado sin siquiera reconocerla.